I0669096

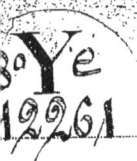

EMILE LESUEUR

Cendres de Roses

PREMIÈRES POÉSIES

LES SOURIRES — LES HORIZONS

LES DOULEURS — LES AMOURS

> « Nous avons vu ensemble les plus
> mauvais jours et j'ai acquis cette foi
> que ce pays est celui de l'invincible
> espérance ».
> MICHELET — *Le Livre du Peuple.*

TROISIÈME ÉDITION

PARIS

TALLANDIER, Éditeur

1902

CENDRES DE ROSES

δ Ve

12261

DU MÊME AUTEUR :

La Moisson de gloires, épopée (1 vol. in-12, Quarré, éditeur à
   Lille).

Après l'Aiglon, à-propos en vers, en collaboration avec J. de
   Cougny (1 vol. in-12, édition des *Mardis littéraires*).

Chants aux Clochers, poèmes du pays natal (1 vol. in-12, Tallandier, éditeur à Paris).

La Question féministe (1 vol. in-16, édition des *Mardis littéraires*).

EN PRÉPARATION :

Dans les Cœurs et par les Ages, contes en prose (1 vol. in-12,
   édition de la *Revue contemporaine*).

EMILE LESUEUR

Cendres de Roses

PREMIÈRES POÉSIES

LES SOURIRES — LES HORIZONS

LES DOULEURS — LES AMOURS

TROISIÈME ÉDITION

1902

SUR LE SEUIL

« Au firmament sans étoile,
« La lune éteint ses rayons ;
« La nuit nous prête son voile.
« Fuyons, fuyons ! »

THÉOPHILE GAUTIER.

Laisser vibrer sa jeune lyre,
Etre consumé du délire
Et de l'énivrement du Beau ;
Se sentir une âme légère
Quand s'élève un chant de bergère
Dont le vent emporte un lambeau ;

Sonner le clairon des batailles
Pour les peuples aux grandes tailles
Qui conservent l'orgueil au front ;
Se sentir une âme trempée
Comme le fer de son épée,
Qui laverait le moindre affront ;

Plaindre les cœurs qui se rebellent,
Etre le préféré des belles
Par le charme des plus doux vers,
Et, dans la lutte aventureuse,
Se sentir une âme amoureuse
Pour réchauffer bien des hivers;

Puis, dans une nuit souriante,
Mourir du rêve qui me hante,
Mourir de beaux rêves détruits
Sans plier sous le joug d'un maître,
Voilà tout ce que je veux être,
Voilà, lecteur, ce que je suis!

LES SOURIRES

« *Un petit sentier vert, je le pris*
ALFRED DE MUSSET

LES CARILLONS

« Il flotte une musique. »
RODENBACH.

Comme ils tintent gaîment, les carillons du Nord,
Dans nos hardis beffrois découpés en dentelles ;
Au fond de nos cieux bleus, unissant leurs voix d'or,
Comme ils tintent gaîment, les carillons du Nord.
Toujours les mêmes airs prennent le même essor,
Au rythme martelé des cloches immortelles :
Comme ils tintent gaîment, les carillons du Nord,
Dans nos hardis beffrois découpés en dentelles.

Ils s'élèvent au loin vers les plaines d'Artois,
Berçant les jeunes cœurs, animant les feuillées,
Retombant en frissons, mourant au bord des toits.
Ils s'élèvent au loin vers les plaines d'Artois,
Les gais refrains flamands, les vieux refrains patois,
Souvenirs évoqués à l'ombre des veillées.
Ils s'élèvent au loin vers les plaines d'Artois,
Berçant les jeunes cœurs, animant les feuillées.

Lorsque la mer bondit, houleuse, à son réveil,
Lorsque la mort est là, comme ils chantent la vie.
Comme ils jettent l'espoir, l'amour et le soleil,
Lorsque la mer bondit, houleuse, à son réveil !
Et dans la mine horrible, où règne le sommeil,
L'âme est moins oppressée : une voix l'a suivie.
Lorsque la mer bondit, houleuse, à son réveil,
Lorsque la mort est là, comme ils chantent la vie !

Carillons ! carillons ! Sonnez, gais carillons !
Carillons de nos cœurs franchissez nos collines !
Vous serez entendus plus loin que nos sillons.
Carillons ! carillons ! Sonnez, gais carillons !
Comme des étendards, comme des pavillons,
Portez notre pensée en ondes argentines !
Carillons ! carillons, Sonnez, gais carillons !
Carillons de nos cœurs franchissez nos collines !

FRAISES DES BOIS

Pauvres reines qui n'ont qu'un temps,
Comme la feuille aux bois chantants,
Elles naissent vers le printemps,
    Les bonnes fraises.
Alanguies et le cœur ouvert,
Rouges dans leur calice vert,
Elles dorment à découvert
    Comme des braises.

Un ruisseau passe tout auprès.
Il baigne leurs fronts empourprés,
Puis s'achemine vers des prés
    De mousse et d'ombre ;
Et les saules, ces rois déchus,
Se haussant sur leurs pieds fourchus,
Leur font des rameaux branchus
    Un nid plus sombre.

Rouges par-ci, blanches par-là,
Elles sommeillaient donc. Voilà
Que le soleil les dévoila :
     Sous les ramures,
Glissant un regard indiscret
Jusqu'à cet asile sacré,
Il a révélé leur secret
     De fraises mûres.

Les rayons chauds vont les ternir,
Elles qui venaient pour s'offrir...
Ne les laissons point se flétrir
     En des fièvres.
Près d'elles, j m'en vais, rêveur ;
Qu'elles méritent ma faveur,
En gardant toute leur saveur
     Pour tes deux lèvres.

LA BALLADE DES FLEURS

« Le printemps a cueilli dans l'air des fils de soie,
« Pour lier sa chaussure et courir par les bois ;
« Vous aimerez demain pour la première fois,
« Vous qui ne saviez pas cette immortelle joie ;
« Le printemps a cueilli dans l'air des fils de soie. »

Armand SILVESTRE.

Le printemps nous sourit aux cieux :
Tout chante, tout prie et tout aime ;
Plus d'un calice gracieux
S'émeut et s'ouvre de lui-même.
Le soleil brille sur les champs.
Ainsi que le luth des trouvères,
Il se réveille en de doux chants :
L'espoir est fait de primevères.

L'été passe dans un matin
Avec ses voluptés exquises,
Et les corolles de satin
Tressaillent au baiser des brises.
Reprenons nos rêves défunts.
L'onde baigne des fleurs écloses
Dans l'harmonie et les parfums ·
L'élégance est faite de roses.

L'automne se dessine, hélas !
Avec son cortège morose
De feuilles jaunes, de fronts las;
Recherchons la dernière rose.
Le soleil s'éclipse, blafard,
Mais laissons les fleurs en dentelles
Portant des duvets ou du fard,
Car l'amour est fait d'immortelles.

ENVOI :

Fleurs des champs, des parcs ou des cœurs
Que l'on n'achète qu'une obole,
Soyez toujours les mêmes fleurs
Et restez le même symbole !

SOURIRE DE FEMME

« Femme souvent varie,
« Est bien fol qui s'y fie. »
FRANÇOIS Ier.

Chanter la gloire pure et les combats épiques,
Etre apôtre parfois, parfois être soldat,
Défendre un sang fécond qui sut rougir les piques
      D'autres Torquémada ;

Evoquer en des vers l'auteur des Bucoliques,
Rêvant, ainsi que lui, sur les bords de l'Adda ;
Garder en vain, garder souvenirs et reliques
      D'une brune Aïda ;

Montrer de belles fleurs qui jamais ne se fanent,
      Aux teintes diaphanes
Emaillant sous l'hiver les splendeurs de nos prés ;

Etre grand, être fier et noble, avoir de l'âme,
      Cela n'est rien auprès
D'un sourire d'amour aux lèvres d'une femme.

MUSIQUE

« C'est l'extase langoureuse,
« C'est la fatigue amoureuse,
« C'est tous les frissons des bois.
« Parmi l'étreinte des brises,
« C'est, vers les ramures grises,
« Le chœur des petites voix. »

                                    Paul VERLAINE.

Forêts qui dorment
Tendres comme un ciel indulgent,
A l'ombre épaisse des vieux ormes
Et sous l'œil des tombeaux d'argent,
Ont douces brises qui s'accordent
Dans le crépuscule, à travers
Les troncs vibrants comme des cordes :
C'est la musique des beaux vers.

Ondes qui passent
En flots de lapis-lazulis
Fécondant les tiges rapaces
Qu'étendent les volubilis,
Ont gardé, semble-t-il, une âme
Mêlée à des rythmes divers
Au rude contact de la rame :
C'est la musique des beaux vers.

Lèvres qui frôlent
De bonheurs et d'espoirs troublants
Les tendres fronts qui s'auréolent,
— Lèvres pures des anges blancs, —
Ont aussi leur écho champêtre
Sous l'arcade des arbres verts.
Amour vient de nous apparaître :
C'est la musique des beaux vers.

LE PAPILLON

« Je le gardai quelques jours
et je l'aimais passionnément. »
GEORGE SAND.

Naître parmi les fleurs, mourir parmi les fleurs,
    Ne pas connaître d'autres pleurs
Que ceux de la rosée, à l'aube solennelle ;
    Pendant le jour, poudrer son aile
Du glaïeul à l'œillet, de la rose à l'iris ;
    Avoir ses parfums favoris,
Et s'envoler très haut, grisé, l'âme éperdue
    De couleurs, de chants, d'étendue ;
Ainsi le papillon passe ses courts instants,
    Son existence est un printemps.

RONDE FOLLE

Automne est la douce saison :
Foins dans les prés, raisins aux vignes,
Cieux bleus éclairant l'horizon,
Et, sur les ondes, vols de cygnes.
Or, si les arbres sont couverts
D'une charmante dentelure
De feuilles ou de rameaux verts,
Je sais plus belle chevelure
Que les gerbes aux épis d'or,
Et que le fond de la tonnelle
Où l'oiselet frileux s'endort
En se cachant le bec sous l'aile :

Dansons la valse des aveux,
Ronde folle des blonds cheveux.

Gloire au Dieu des bois et des graines
Qui comble ainsi notre désir ;
Voilà que les pipeaux s'égrènent,
L'orme frissonne de plaisir.
Ce sont partout des couples d'anges,
De blancs tournois sur le gazon,
Car c'est la fête des vendanges,
Automne est la douce saison !
Chacun conte ses amourettes
Dans la forêt jeune d'ébats,
Mais si tendrement et si bas
Que l'on voit s'ouvrir les fleurettes :

Dansons la valse des aveux,
Ronde folle des bruns cheveux.

Hélas ! Pourquoi, sous la ramure,
Cesse le refrain des pinsons ?
Pourquoi se tait l'eau qui murmure ?
Où sont les gars et leurs chansons ?
Mais, écoutez, la valse lente
Poursuit son cours sur les gazons.
L'hermine encore plus dolente
A moucheté les horizons.
Je vois des visages bien sombres,
Dans les bois, des troncs dénudés
Et des amants aux fronts ridés,
Diaphanes comme des ombres :

Dansons la valse des aveux,
Ronde folle des blancs cheveux.

SOURIRE D'ENFANT

« Votre âge insouciant est si doux qu'on l'oublie !
« Il passe comme un souffle au vaste champ des airs,
« Comme une voix joyeuse en fuyant affaiblie,
    « Comme un alcyon sur les mers. »
                                    Victor Hugo.

Lorsqu'avance l'enfant sur les bras de sa mère,
Avec des gestes vains et des balancements,
N'ayant au bord de l'œil qu'une larme éphémère,
Heureux de vivre, heureux de nos embrassements,

On se presse, on l'acclame, on l'aime, on le vénère;
Ses petits bras tendus ont parcouru les rangs.
Si ce n'est pas le chef d'un peuple imaginaire,
Il règne au milieu d'une cour de parents.

Son sceptre, direz-vous, est un hochet frivole,
Et sur le vieux cadran, l'heure tinte, s'envole,
Portant à l'infini ces songes radieux.

Non! L'amour éclaira les fronts les plus moroses,
L'amour ferma ses yeux, ouvrit ses lèvres roses :
Ce sourire d'enfant est un gage des Dieux,

CHANSON DE BERGÈRE

« Gratior et pulchro veniens in corpore virtus. »
VIRGILE.

Je suis une pauvre fillette
Qui, par le bois, fais ma cueillette
Glanant pervenche et violette,
Le soleil joue en mes cheveux.

J'aime le chien et la houlette,
L'agneau que la brebis allaite
Et la laine que je filète,
L'hiver, entre mes doigts nerveux.

Brillants n'ai, non plus que toilette.
Rien ne vaut ma maison seulette ;
J'adore ce trou de belette,
Car mon honneur est son trésor.

Pourtant, je suis toujours en quête,
Bien que ni sotte ni coquette,
Mais pour qui fera ma conquête,
Il faudra plus d'amour que d'or.

ROSE-THÉ

« La jeune fille rieuse.... »
Victor Hugo.

C'est, dans une aube blanche,
Par le jardin qui dort,
Un long flot qui s'épanche
En mille roses d'or...

Et leur tête se penche
Parmi le vert décor,
Tandis que, de la branche,
Monte un premier accord.

Au jardin, la profane
Prend la fleur qui se fane
Et marche à petits pas

Sur un sable morose :
C'est Rose-Thé, la rose
Qui ne se fane pas.

AUBE LOUIS XV

Le soleil se lève très tôt.
Il sourit aux jeunes bergères
Dans un décor à la Watteau
D'azur, de fleurs et de fougères.

Les reines et les favoris
Vont cueillir la rosée en perles,
Sur le gazon des prés fleuris
Où l'on entend la voix des merles.

Riants, chantants, papillonnants,
Comme fait l'abeille volage,
Ils éblouissent les manants
Qui peinent au bord du village.

Au bras des seigneurs amoureux,
Elles prennent de tendres poses,
Et leurs longues tresses, sur eux,
Descendent comme un flot de roses.

N'éveillez pas l'oiseau qui dort,
Bercé par vos phrases câlines,
Et cachez vos corselets d'or
Sous les dentelles de Mâlines.

Parmi ces vastes horizons,
Vous faites tressaillir les herbes,
— Les douces herbes — aux frissons
Parfumés de robes superbes.

Et, poudrés sous leurs grands chapeaux,
Les roitelets qui vous promènent,
Pour vous, changent en oripeaux
Leurs couronnes et leurs domaines.

Mieux vaut juger bas de velours,
Cols Médicis, points de brodeuses;
Les tromblons d'acier sont trop lourds,
Les batailles trop hasardeuses...

L'ÉCUREUIL

Comme un vieillard frileux dont les bras amaigris
Se tournent vers le ciel, tordus par la misère,
L'arbre au front dénudé jette ses rameaux gris
Et le premier brouillard, de son bandeau, l'enserre.

Mais l'écureuil s'élance, avec de jeunes cris,
Jusqu'au faîte muet du chêne solitaire,
Et le tronc se réveille où des noms sont écrits,
Des noms remplis d'amour, de joie et de mystère.

Il est léger, il est fougueux, il est subtil.
Du caprice ou du vent, lequel le mène-t-il
Dans ces tournois furtifs sur l'écorce glissante ?

Je connais un autre arbre où s'élève mon cœur,
Ce petit écureuil langoureux et moqueur.
Mais l'arbre se dépouille, et ma mie est absente.

LES HORIZONS

« *Moi, poète, je vais du couchant à l'aurore.* »
J. DE SAINT-FÉLIX.

Les Cloches du Rhin.

LA CHANSON DES CLOCHES

Leur tour est invisible... elles sonnent gaîment
Toutefois à mon cœur, les cloches allemandes,
        Semant
Des lambeaux d'horizons et de pures légendes.

Leur tour est invisible, et leurs refrains perdus...
Non ! Ecoutez les sons montant, comme des flammes,
        Rendus
Par de vibrants échos dans le fond de nos âmes.

Leur tour est invisible, hélas ! mais les combats
Ont conservé leurs voix rythmiques, altières,
        Là-bas,
En âpres traits de sang, par-delà les frontières.

Leur tour est invisible... elles sonnent gaîment
Toutefois à mon cœur, les cloches allemandes,
        Semant
Des lambeaux d'horizons et de pures légendes.

LE RHIN

> « Mais le Rhin, ce fleuve unique au monde,
> ne vaut-il pas la peine d'être vu un peu pour
> lui-même et en lui-même ? Ne serait-il pas
> vraiment inexplicable qu'il ait passé, lui, devant
> ces cathédrales sans y entrer, devant ces
> forteresses sans y monter, devant ces ruines
> sans les regarder, devant ce passé sans le
> sonder, devant cette rêverie sans s'y plonger ? »
>
> Victor Hugo.

Dans le vallon coquet d'où s'élève un cantique,
Sur un lit de parfums, le fleuve magnifique
Coule à pleins bords, bercé par ses cloches d'airain,
Tandis que, balançant leur chevelure noire,
D'orgueilleuses forêts, frissonnantes de gloire,
Semblent dire : « C'est nous qui t'avons fait, ô Rhin ! »

Lui, sans s'inquiéter des querelles humaines,
Féconde en son chemin le sol des mêmes plaines.
C'est un prince qui veut le bien de ses sujets,
Leur procurant le pain du corps, le pain de l'âme,
Qui gouverne sans haine, et pardonne sans blâme,
          Et qui dédaigne leurs projets.

Il est heureux, il est dolent, il est fertile.
Le soleil palatin sur lui passe et scintille.
Vers le soir, quand il meurt derrière les forêts,
Dans l'azur infini partant à la dérive,
Les chansons continuent sur le bord de la rive,
Derniers échos plaintifs, derniers rayons dorés...

Tout s'endort... Les châteaux, les églises gothiques
Se profilent au loin en ombres fantastiques
Sur les blancs nénuphars et les roseaux tremblants.
Mais soudain un appel a déchiré l'espace :
C'est l'âme du vieux Rhin qui frissonne et qui passe
Dans un long vol de cygnes blancs.

LE TRIOMPHE DE LUTHER

« Hier stehe ich.
« Ich kahn nicht anders.
« Gott helfe mir ! Amen. »

Sur un socle de fer, droit, la Bible à la main,
Il arrête les yeux sur le bord du chemin,
Ainsi qu'une statue entre les saints portiques,
    Là, dominant quatre pasteurs,
    Entouré de ses protecteurs
    Et des villes évangéliques.

Les prêtres et les rois qui veillent près de lui,
Sa phalange d'honneur, ses gardes, aujourd'hui
Semblent des écoliers sous le regard du maître :
    Lui seul est grand, lui seul est fort,
    Lui seul a dirigé l'effort,
    Lui seul fut digne de connaître.

Malgré tout, l'invincible a tourné vers les cieux
La farouche pâleur de son front anxieux,
Et, sans un mouvement, et, sans une parole,
    Ses yeux fiers d'homme révolté
    Ont cru lire en une clarté
    Les termes du nouveau symbole.

HEIDELBERG

« Quand j'ai traversé la vallée,
« Un oiseau chantait sur son nid. »
Alfred de Musset.

Son front s'appuie aux collines fécondes,
Son sein palpite au reflet des raisins,
Son pied se baigne, alangui, dans les ondes.

C'est une perle entre les bois voisins,
C'est un beau ciel transparent et limpide,
C'est la cité des fleurs et du printemps.

Sous un vieux pont, le Neckar va rapide,
Avec ses bonds et ses radeaux flottants.
Les bateliers ont des chansons exquises,

Et, près des ceps, le front bas jusqu'au soir,
Dignes, avec des gestes de marquises,
Les femmes vont cueillir le raisin noir...,

L'OMBRE DE KŒRNER

« Ah ! la tête de fer ! puisqu'il
veut périr, qu'il périsse ! »
VOLTAIRE.

.Sa voix dans la bataille eut un écho, jadis.
Son chant de guerre fut tranchant comme une épée,
Vibrant comme une lyre, et, de ses bras grandis,
Il a fait tressaillir la couronne usurpée.

Ce fut un téméraire, un fol, un insoumis
A la haine féroce, à l'âme bien trempée.
Il mourut en luttant contre ses ennemis :
Son nom fut un réveil, sa vie une épopée.

Si l'horizon sanglant s'est perdu dans les cieux,
Si le pourpre a fait place à l'azur gracieux,
Qui sauve son pays doit toujours lui survivre.

Tout nous charme, tout nous sourit, tout nous enivre,
Les rois sont moins fougueux, les peuples plus humains,
Et l'ombre de Kœrner flotte aux pays Germains.

LICHTENSTEIN

« Gehorche
« Der Stimme des Wolks, sie ist die Stimme Gottes. »
SCHILLER.

Avec ses ponts-levis et ses anciens portiques,
Avec son haut donjon, ses fenêtres gothiques
    Et ses pignons en escaliers,
Lichtenstein s'élève au-dessus des vallées,
Et l'on croit voir sortir, de ses sombres allées,
    Une troupe de chevaliers.

Non ! c'est le décevant, l'orgueilleux, l'inutile !
Non ! c'est un souvenir que la brise mutile !
    C'est un squelette qui fait peur !
Ne craignez pas, berçant vos nouveau-nés, ô femmes,
Qu'il sorte de ses flancs des glaives ou des flammes,
    Ou qu'il quitte un jour sa torpeur,

Lichtenstein est mort... et les aigles fidèles
Entament son sein noir, coup d'ailes par coup d'ailes,
Tournoyant, la nuit, alentour.
Lichtenstein est mort... entendez-vous les heures
Qui bercent le cadavre aux yeux verts et qui pleurent
Dans les froids couloirs de la tour ?

Certain jour, le rocher, sachant qu'il est athlète,
Quittera ce fardeau, secouera de sa tête
Les restes de son vieux turban ;
Les échos le diront jusqu'aux monts de Bohême ;
On dansera sous l'orme, et la Paix elle-même
Viendra voir son rival tombant !

NUREMBERG

J'ai vu tes hauts pignons, tes murs coloriés,
Tes campaniles d'or, avec tes tours massives,
    Et tes remparts armoriés.

J'ai vu tes vieux bourgeois et tes femmes lascives
Qui portent sur la hanche une amphore de vin,
    Au chant de ton antique horloge.

J'ai vu Dürer ! Dürer, ton artiste divin,
Trop sublime et trop grand pour en faire l'éloge,
    Dormant en sa vieille maison.

J'ai vu ton château-fort rouge encor des tortures,
Les tenailles et les carcans de ta prison,
    Qui sourient aux ères futures.

J'ai vu ton front, j'ai vu ton cœur, en pélerin,
Et mon âme d'enfant a tressailli, farouche,
    Auprès de ton âme d'airain.

Nuremberg ! Veille encore et maudis qui te touche.
Garde ta gloire antique et tes antiques lois,
    Au souvenir de tes exploits !

LÉNORE

« Lénore se lève au point du jour ; elle
échappe à de tristes rêves : « Wilhelm,
« mon époux ! Es-tu mort ? Es-tu parjure ?
« Tarderas-tu longtemps encore ? » Le soir
même de ses noces, il était parti pour la
bataille de Prague, à la suite du roi
Frédéric, et depuis ... »

BURGER.

Dans l'immense lit, aux sculptures molles,
Lénore se lève avec le soleil,
Dont les feux nouveaux, en des rondes folles,
Teignent le vitrail brillant au réveil.
Ce premier rayon doucement se joue
Du glaive poli, du haubert tremblant,
Et des hauts fauteuils en cuir de Cordoue,
   Téméraire et blanc.

« Wilhelm, mon époux, ta longue équipée
« Commencée au soir des primes amours,
« Pour laquelle j'eus brisé ton épée,
« Doit-elle durer encore, ou toujours ? »
La lance à la main, au côté la dague,
Et plus fier que tous sous l'armure d'or,
Wilhelm est parti guerroyer à Prague,
         Où plus d'un preux dort.

Empereur et Roi, las de leurs querelles,
Ont conclu la paix pour le bien commun.
Adieu, vieux guetteur, quitte les tourelles,
Adieu, Teuton roux, adieu, Suisse brun.
Les fronts sont allés, couverts de feuillages ;
Ecoutez au loin fifres et tambours.
Aujourd'hui, les gars de tous les villages
         Rentrent aux labours.

La foule en émoi vient à leur rencontre,
Chantant leur bravoure au long du chemin.
Ils sont loin encor, que l'on se les montre.
Puis Maud et Gretchen prennent par la main
Leurs beaux fiancés. Entre deux sourires,
Il leur faut conter les exploits d'antan.
Tous sont dans l'orgueil, les danses, les rires,
          Mais Lénore attend.

Mille fois, en vain elle leur demande
S'ils n'ont point Wilhelm parmi leurs rangs clairs,
Wilhelm le grand chef, Wilhelm qui commande
Aux glaives d'acier farouches d'éclairs.
Aucun ne l'a vu depuis la bataille.
— « Coule, coule à flots, léger vin du Rhin,
En glouglous joyeux, de notre futaille
          Au casque d'airain ! » —

Lénore revient seule en la demeure,
Eclate en sanglots, se meurtrit les seins.
Son Wilhelm est mort ! Lui mort ! Elle pleure,
Et maudit le fer des vils spadassins.
Ses lèvres voudraient baiser son entaille.
— « Coule, coule à flots, léger vin du Rhin,
En glouglous joyeux, de notre futaille
       Au casque d'airain ! » —

Mais peut-être aussi, loin d'elle, l'infâme
Sur un lit gothique, oublie son amour
Aux vagues baisers de quelque autre femme.
Lénore le voit plus beau, dans ce jour,
Ployer les genoux et courber la taille.
— « Coule, coule à flots, léger vin du Rhin,
En glouglous joyeux, de notre futaille
       Au casque d'airain ! » —

Non, cela n'est point. Le chef, l'équipage,
Les grands lansquenets, les reîtres fameux,
Premiers à l'assaut, premiers au carnage,
Sont tombés là-bas, pitié pour eux !
Mais Ulric lui dit que Wilhelm est traître,
Qu'amours et combats le virent vainqueur,
Pour prendre au logis la place du maître,
       Ainsi qu'en son cœur.

Les chants ont repris, pendant la soirée.
Le front aux vitraux, les cheveux épars,
Lénore l'attend, folle énamourée.
Hourra ! Le vieux pont tombe des remparts ;
C'est le pas connu de la bête d'armes.
Lénore descend l'escalier de grés,
Et, de son bras blanc, a séché ses larmes
       Avec ses regrets.

« Holà ! Ouvre-moi ! Ouvre-moi, ma belle ;
« Pendant qu'au château régnait la vertu,
« J'eus la gloire, aux camps, contre le rebelle.
« Est-ce joie ou pleurs ? Dors-tu ? Veilles-tu ? »
— « Wilhelm, c'est bien toi que j'entends dans l'ombre.
« Hélas ! Je pleurais tant j'avais souffert !
« Mais, d'où reviens-tu sur ton cheval sombre
   « Cuirassé de fer ? »

— « O Lénore, viens sur mon cœur, je t'aime !
« Ma lèvre te frôle, un instant, sans bruit.
« J'arrive en courant des monts de Bohême.
« Montons à cheval ! N'est-il pas minuit ? »
— « Mais, pourquoi partir quand l'âtre pétille ?
« Chauffe tes bras gourds, Wilhelm, chauffe-toi.
« Le vent rude siffle, et la lune brille,
   « Dehors, il fait froid ! »

— « Laisse donc le vent chanter, solitaire,
« Dans les rameaux gris de notre forêt.
« Entends le cheval qui gratte la terre,
« Il me faut partir ; suis ton adoré.
« Viens, car j'ai si peur des feux de l'aurore !
« Saute en croupe ; on doit faire cent lieues pour
« Gagner ma demeure et s'aimer encore !
    « Viens, avant le jour ! »

— « Comment pourrais-tu parcourir cent lieues ?
« La lune se cache et son disque blanc,
« Vers un horizon fait de teintes bleues,
« Comme avec regret, se perd en tremblant ! »
—· « Non ! les morts vont vite ! Allons ! Saute en selle !
« Femme, n'aie pas peur, j'ai mon franc coursier.
« Mets tes mains de lis sous ma froide aisselle,
    « L'aisselle d'acier ! »

Bête et cavaliers respiraient à peine.
Hop ! Hop ! Sous leurs pas brillaient les cailloux.
Au loin, devant eux, à travers la plaine,
Hop ! Hop ! Hop ! Fuyaient des troupes de loups.
« Wilhelm, mon époux, la tempête pleure,
« La lune se rit, et l'air est glacial.
« Redis-moi comment sont faits ta demeure
              « Et le lit nuptial ? »

— « C'est un château noir avec des tours blanches.
« Quant au lit d'amour, il est triste aussi,
« Triste, silencieux, fait de quatre planches.
« Mon épouse, c'est encor loin d'ici. »
— « Aurai-je ma place en ce lit de noce ? »
— « Oui, car nous pourrons goûter tous les deux
« Longtemps, très longtemps, un repos atroce
              « En ses flancs hideux. »

— « Grand Dieu, quel parler !.. Pourquoi ton visage
« Reste-t-il caché dans le casque étroit ?
« Lève la visière, époux par trop sage,
« Embrasse Lénore et non l'acier froid ! »
— « Cela, le ferai, lorsque la grande Ourse
« Par les cieux fuira le réveil du jour.
« Hop ! Hop ! Hop ! Plus vite ! Abrégeons la course !
     « Temps presse, m'amour ! »

Mille corbeaux noirs quittent leurs repaires,
Par les champs, les bois, les vallons, les prés,
S'en viennent vers eux, en vols téméraires,
A travers la nuit aux feux diaprés.
« Hourra ! Les corbeaux, perchez sur ma lance !
« Entre vos yeux verts, montrez vos becs forts !
« Hip ! Hourra ! Les morts vont vite, en silence. »
     — « Laisse en paix les morts ! »

Or, à ce moment, on entend la cloche
Dont le glas prédit nouvelles douleurs.
Un parfum d'encens, le convoi s'approche,
Et le cavalier peut ouïr des pleurs.
« Venez, prêtre et chantre à nos épousailles.
« Menez avec vous la bière et le corps!
« Vous aurez du vin et des victuailles. »
       — « Laisse en paix les morts! »

Plus loin, balancés, pendent aux potences
Des cadavres froids, loin de leurs tombeaux.
Autour, on croit voir des gnômes qui dansent,
Réglés par le chant triste des corbeaux.
— « Venez au banquet, il faut des convives,
« Bandits et démons, tous à grands renforts.
« Ma musique plaît, mes nectars ravivent! »
       — « Laisse en paix les morts! »

Donc, ils sont venus, horribles et pâles.
Le prêtre et le corps, les chantres sans voix,
Avec les oiseaux, noirs sous les rafales,
Quittant leurs abris dans le fond des bois.
On peut voir des yeux verts hors de l'orbite.
Le sang sera frais, les vins seront forts.
« Hip ! Hip ! Hip ! Hourra ! Car les morts vont vite ! »
  — « Laisse en paix les morts ! »

Au ciel qui s'azure en légères franges,
Se profile, au loin, le sombre castel.
Les hiboux peureux, aux couleurs étranges,
Jettent leur cri rauque au long du listel.
On penserait voir le sorcier farouche
Insultant le ciel en lançant des sorts,
Avec un rictus horrible de bouche.
  — « Laisse en paix les morts ! »

On est arrivé... Wilhelm en silence,
Quitte son manteau pour paraître alors
Squelette blanchi. Front haut, il s'élance
Plus fier que jamais, plus fier de son corps ;
Et le prêtre chante, et la cloche sonne,
Au lieu d'un cadavre, ils en auront deux.
Parmi les tombeaux, Lénore frissonne
       En ses bras hideux.

« O mon épousée, est-ce que tu m'aimes ?
« Vois, un fer cruel a percé mon flanc.
« Prendras-tu ta part de mes malheurs mêmes ?
« J'ai vécu ! Veux-tu, Lénore, t'offrant,
« T'immolant aussi, sous le même glaive,
« Accepter ma fin, terminer d'un jour,
« Entre mes deux bras, ce qui fut mon rêve,
       « Mon rêve d'amour ? » ---

— « Wilhelm ! Mon Wilhelm ! Quelle mort atroce !
« Le prêtre est si noir, si noirs les corbeaux !
« Faut-il, à vingt ans, demeurer sans force,
« Et cesser d'aimer, au seuil des tombeaux ?
« J'unirai ma lèvre à ta lèvre froide,
« Puis. nous mourrons purs comme avons vécu...
« Mets contre mon sein ta poitrine roide,
            « Et sois invaincu ! »

Et Wilhelm s'arrête... en ses bras, il serre
Cette tendre chair que secoue la mort.
Il la veut à lui, seul, le téméraire !
Dans son agonie, il la veut encor.
Mais le front pâli doucement retombe,
Bien doucement sur le sein apaisé,
Car Lénore est morte, auprès de la tombe,
            Du premier baiser !

Marines

Marines

CHANT DES ONDINES

Nos yeux,
Nos yeux
Sont faits d'émeraude, d'opale,
De rubis clair ou d'onyx pâle,
Chatoyants par d'immenses cieux.
Quand le flot heurte le rivage,
Ils brillent d'un éclat sauvage,
Nos yeux,
Nos yeux.

Nos pleurs,
Nos pleurs
Vers une voûte sans étoiles
Montent bien mieux parmi les voiles ;
L'écho leur donne plus d'ampleur.
En sa barque, le bon pilote
Quand il les entend sanglotte,
Nos pleurs,
Nos pleurs.

Nos vents,
Nos vents
Soulèvent des ondes légères,
En mille vagues mensongères ;
Et ces vagues passent, couvant
Des gouffres et des précipices.
Qu'on les craigne, même propices,
Nos vents,
Nos vents.

Nos morts,
Nos morts
Vieux matelot ou jeune mousse
Dorment dans notre lit de mousse,
Sans regrets presque, et sans remords.
Barde, modère ton délire,
N'éveille point avec la lyre
Nos morts,
Nos morts.

DANS LE FLOT

« Elle allait, elle venait, elle se penchait,
elle se relevait, elle se mirait, elle se
glissait, elle s'arrêtait, elle jouait au soleil
comme un cygne qui se baigne. »
A. DE VIGNY.

Elle est entrée au bain avec un air morose,
Tant la mer est houleuse et tant le vent est froid.
Le flot bleu doucement gagne le maillot rose,
La jeune fille avance, avec un cri d'effroi.

O le premier frisson sous la vague qui monte,
Sous la vague indiscrète, ô le premier frisson,
Le premier mouvement de colère ou de honte,
Tandis que le baigneur commence une chanson !

Alors, elle s'enfonce au loin dans l'onde amère,
Et, malgré la douleur, elle sourit encor,
Tandis que l'océane a des regards de mère
Et baise en frémissant les splendeurs de son crops.

LA TEMPÊTE AU PORT

Le vent s'engouffre entre les mâts songeurs ;
Il passe avec des gémissements rauques,
Tandis que le ciel bleu prend des rougeurs,
Et que la mer blanche a des teintes glauques.

Le vent s'engouffre entre les mâts branlants,
Et dans le port, fous à chaque bourrasque,
Les bricks, tirés de rêves somnolents,
Dansent, en rond, leur quadrille fantasque.

Le vent s'engouffre entre les mâts pliés,
Mais les marins s'avancent à la tâche ;
Leurs femmes les ont en vain suppliés,
Depuis longtemps les bricks sont à l'attache.

Le vent s'engouffre entre les mâts tordus.
Qu'importe au brave ? Il rit à la tourmente
Et les baisers, par les vagues rendus,
Sont-ils moins doux que ceux de son amante ?

Le vent s'engouffre entre les mâts garnis,
Le vent s'engouffre entre les longues toiles ;
Les bricks s'en vont, sous des cieux infinis,
Libres et blancs, flotter vers les étoiles...

SUR LA GRÈVE

« O Mer, dis à ta fille auguste la Beauté... »
Armand SILVESTRE.

Entre les rochers noirs des falaises grimpantes,
Comme de purs reflets, comme des taches d'or,
Les sables ruisselants passent en douces pentes,
Et ce sont les gardiens de la vague qui dort.

Le soleil, en naissant, leur donne ses étreintes.
Son baiser fugitif les couvre de clartés.
De petits pieds mignons y laissent leurs empreintes,
Tant que les sables vieux — très vieux — en sont flattés.

Alors, ce sont les jeux d'enfants, les cris, les rires,
Le bruit d'un jeune peuple heureux de vivre ainsi.
Les sables sont, au soir, de gigantesques lyres
Où les baisers d'amants se répètent aussi.

Brumes d'Outre-Manche.

AVE, CÆSAR !

« Assez de fade encens... »
Victor de Laprade.

Le paquebot s'avance au milieu du soir,
Et là, dans Balmoral, sous un dais de lumière,
Le prince, futur roi, se fane sans espoir
Effeuillé déjà comme une rose trémière.

Oh ! n'enviez jamais la richesse et l'honneur.
Ne croyez pas les cris d'orgueil que l'on répète.
La puissance est la route inverse du bonheur,
C'est un soleil doré que chasse une tempête.

Le navire paraît. Pour le plaisir des rois,
On brûle sur l'avant quelques feux de bengale
Dont la flamme s'étend réfléchie aux parois .
Tu peux lire le nom du brick, prince de Galle.

Si ton regard errant se fixe par hasard,
Sondant ces lourds brouillards et cette ombre qui flotte,
Que ton front se déride alors : Salut, César !
Reçois en souriant l'hommage de ta flotte.

O peuples, éternels vaincus, jouets du sort !
Vous êtes les hochets qui charment les monarques.
Votre vie est sans prix. Qu'importe votre mort,
Maintenant que le prince a pu compter ses barques.

NUIT SUR LA TAMISE

J'étais auprès des flots par une nuit d'étoiles.
Des brouillards estompaient le rivage incertain,
Et les bateaux errants avaient de blanches voiles,
  Comme les ailes en satin
Des légers papillons plus frileux au matin.

Et je croyais tenir les fils d'un long mystère,
Entendre, sur la rive immense, les oiseaux ;
Voir d'immortelles fleurs descendant en parterre,
  Et, parmi les tendres roseaux,
Evoquer un appel de barde, sur les eaux.

Mais soudain tout se perd et le beau rêve sombre.
Adieu, calme des nuits, adieu, site chantant.
Le roi, c'est le métal, le pouvoir, c'est le nombre.
  On leur fait place pour l'instant ;
Le fleuve poétique est un nouveau Titan !

Mille phares divers brillent sur le rivage.
Les sirènes au loin jettent leurs cris de mort,
Répétés sans merci par un écho sauvage.
      Voici que la Cité s'endort,
Et que de pauvres fous luttent pour un peu d'or.

LES HORSE-GUARDS

« C'étaient des hommes francs, tels qu'en fait leur patrie. »
BRIZEUX.

Dans la Cité, front haut, sous une blanche armure,
Cachant leurs cheveux roux dans un casque de fer,
Pendant le jour entier, ils veillent sans murmure.

Plus fidèles encor, quand ils ont plus souffert
Des caresses du vent, des baisers de la neige
Qui, par les soirs d'hiver, descend à gros flocons,

Glaçant, entre leurs mains, l'arme qui les protège,
Ou mouchetant près d'eux la rampe des balcons.
Oh ! Les beaux cavaliers ! Quel regard ! Quelle taille !

Ne semblent-ils pas faits pour des combats lointains ?
N'attendent-ils qu'un mot pour gagner la bataille,
Ranimant autour d'eux les courages éteints ?

Tel n'est point leur destin ! Non ! Ce sont des statues,
Des spectres qui font peur, sur de grands chevaux noirs.
Leurs glaives sont rouillés et leurs lances ne tuent.

Restez docilement aux portes des manoirs ;
Gardez le triste prince et protégez sa banque.
Mais, je vous plains, soldats indignes de ce nom.

Si, certain jour, honteux et las, le cœur vous manque,
Quittez ces bords fleuris, conquérez un renom,
Montrez votre valeur, secouez vos entraves ;

Et l'Histoire dira, vous donnant son pardon,
Que les Horse-Guards sont morts et furent braves !

WESTMINSTER

« Taisez-vous, ô mon cœur ! Taisez-vous, ô mon âme,
« Et n'allez plus chercher de querelles au sort,
« Le néant vous appelle et l'oubli vous réclame.

« Mon cœur, ne battez plus, puisque vous êtes mort.
« Mon âme, repliez le reste de vos ailes,
« Car vous avez tenté votre suprême effort. »

Théophile GAUTHIER.

Des rois, des rois encor, des rois, toujours des rois...
Ils sommeillent en paix sous une même voûte,
Les Stuarts, Georges deux, Henri sept, Édouard trois ;
Et les échos sans haine ont dit leurs noms, écoute
— Les chevaliers du Bain ont prosterné leurs fronts —
Élisabeth... — Marie... — Élisabeth... — Marie... —
La mort absout, la mort pardonne les affronts,
Source d'oublis, hélas ! qui n'est jamais tarie !
Rangés autour des rois, et couverts de lauriers,
Partageant leurs tombeaux, ceignant leurs diadèmes,
Ou vainqueurs ou vaincus, j'aperçois des guerriers.
Ils ont sacré ces rois, plus grands que ces rois mêmes,
Wolfe, Cook, Nelson, Cornewall, Wellington...

Oublions un instant toute l'horreur des guerres,
Ne lisons pas les mots écrits à leur fronton ;
Oublions Waterloo, Trafalgar et naguères...
Soldats, fils de soldats, bourreaux, fils de bourreaux ;
Mais sachons retenir, malgré leur insolence,
Qu'ils ont fait leur pays et qu'ils furent héros.
Regardons chaque tombe et passons en silence.

Il est un coin fleuri, prédestiné des dieux,
Où les muses d'antan mêlent leurs robes claires,
Où, parmi le respect, un jour plus radieux
Tombe sur des fronts purs et rêveurs qui s'éclairent.
C'est Milton qui n'a fait qu'un Paradis perdu,
Et dont un serpent noir veut enlacer la lyre ;
C'est Dryden, c'est Spencer, c'est un peuple éperdu
D'un saint enthousiasme et d'un noble délire.
Puis, les dépassant tous de la taille et du cœur,
Le bras droit appuyé sur ses œuvres, Shakespeare
Veille. C'est ton triomphe, ô poète, ô vainqueur !
Sois le chef vénéré du plus puissant empire.

Soudain, la nuit descend du vitrail assombri.
Les fidèles en deuil passent les vieux portiques ;
Les oiseaux éveillés vont chercher un abri
Entre les bras noueux des arcades antiques ;
Et Westminster s'endort, comme un sphynx, dans le soir...

Un long soupir parcourt ma poitrine élargie ;
Mon âme consolée, énivrante d'espoir,
Confie aux vieux autels déserts sa nostalgie.

CHIRSTMAS BELLS

« Blow, blow, winter's wind. »
SHAKSPEARE.

Elles gardaient au front leur panache d'hermine,
Les cloches de Noël, tristes, à ciel ouvert.
Leur diadème était un présent de l'hiver,
Le prince de douleur, le père de famine.

Mais vint le vieux sonneur en soufflant dans ses mains,
— Tant la nuit était froide et tant la bise folle —
Le corbeau pourchassé que leur appel affolle,
Alla blanchir son aile aux arbres des chemins.

O cloches de Noël, jetez sur la campagne
Vos sons clairs et vibrants qui vont parler aux cœurs ;
Qu'ils soient les immortels, les bénis, les vainqueurs,
Et qu'en les entendant, de l'Ecosse à l'Espagne,

Les peuples orgueilleux se mettent à genoux.
O cloches de Noël, sans crainte, sans souillure,
Secouez les frimas de votre chevelure,
Profanes comme nous, pieuses comme nous.

Sur terre, je le sais, tout chancelle, tout sombre.
Demain nous reverra sous les flocons tremblants,
Mais notre cœur survit qui perd ses cheveux blancs,
Comme vous, pour Noël, près du Christ, et dans l'ombre...

Le Bouquet de la Vallée.

SUR LE CHEMIN DE LA CITÉ

La Seine coule avec ses murmures légers,
Parmi ses bois, parmi ses prés et ses collines,
Fécondant, au baiser des ondes cristallines,
    Les longues treilles des vergers.

La Seine coule avec ses rives régulières,
Où paissent des troupeaux qu'une enfant reconduit,
Où Paris vient s'ébattre, indolent, aujourd'hui
    Comme au temps de la Deshoulières.

La Seine coule avec ses joyeux coudriers,
Ses hêtres alanguis, pleins de chants et de rires,
Se reflétant, ainsi que des preux qui se mirent
    Aux gemmes de leurs baudriers.

6

La Seine coule avec ses espérances neuves ;
Des nymphes au front blanc passent au fil des eaux ;
On distingue leurs voix montant dans les roseaux,
    Du sein de la terre et des fleuves.

La Seine coule avec ses ardentes moissons.
Le soleil de la Brie inonde les rivages,
Et, pour se garantir de ses rayons sauvages,
    Les pâtres gagnent les buissons.

La Seine coule avec ses amours magnifiques ;
La Seine coule avec ses frissons d'un instant,
Et l'écho tressaillit aux souvenirs d'antan,
    Le long des rives pacifiques.

*
* *

Or, un bouquet de fleurs s'étend sur le vallon.
Il serpente avec grâce aux bords de l'onde blanche,
Et les saules frileux l'abritent de leur branche,
    Sous les lèvres de l'aquilon.

Ce sont, auprès des flots, des flots et des traînées,
Des courants de parfums, d'ivresse et de couleurs,
Sur lesquels la rosée a semé nos douleurs
    En des perles abandonnées.

On y voit des œillets de pourpre et des soleils,
Des murs blancs, des murs gris couverts de capucines,
Des peupliers de neige entourés de glycines,
    Dominant les gazons vermeils,

Des tresses de glaïeuls, des chlamydes de roses,
Des boutons d'or piqués sur le bord des chemins,
Et, dans un coin perdu, narcisses et jasmins,
    Unissant leurs parfums moroses.

O les bords de la Seine, ô les bords enchantés !
Moi, comme un papillon, je m'en allais volage,
Voici ce qu'une fleur m'a dit dans son langage,
    Se haussant dans l'ombre, écoutez :

« Je suis petite fleur, petite fleur servile,
« Petite fleur sans voix qu'on croit sans volonté,
« Mais la grand'ville aura l'éclat de ma beauté,
     « Mes parfums sont pour la grand'ville. »

ÉVEIL

Oui ! Tout pour la grand'ville, et les bois et les eaux,
Et les parfums très doux et les rires très frêles,
Les brises, les échos, les ombres, les coups d'ailes,
      Le gazouillis de nos oiseaux.

Du reste, la voici, sous le lustre des dômes,
Qui resplendit au loin plus riche que les Tyrs,
Plus sanglante à ses jours que Rome des martyrs,
      Et plus belle que les Sodomes !

Voyez à l'horizon ses gigantesques tours,
Voyez, sur l'eau, le front pâle des basiliques.
La ville est un écrin qui contient des reliques ;
      Suivons le fleuve en ses détours.

Suivons toujours, mes sœurs, à vous parer si lentes,
Ondines de la Seine, ayez vos plus beaux airs ;
Après le calme triste et pieux des déserts,
    Le bruit des villes indolentes.

Ecoutez les échos qui montent de là-bas.
Ecoutez un instant les voix qui se détaillent.
Ne penserait-on pas, comme avant les batailles,
    Entendre un cruel branle-bas ?

Paris lave le sang de son âme rougie,
Aux murmures confus d'un pénible réveil.
C'est la cité qui s'ouvre en riant au soleil,
    Et qui laisse sa léthargie.

LA CITÉ

« Salle de réception du diable. »

DON JUAN.

« Cependant, moi poète et peintre, je vis là !»

Théophile GAUTHIER.

Au soir, je la domine allongée à mes pieds,
Avec ses donjons verts, ses colonnes doriques,
Avec ses carillons, ses palais historiques,
    Témoins des crimes expiés.

Elle est grande. elle est belle, elle est riche, on l'envie :
Ninive n'avait pas d'aussi brillants jardins.
C'est la reine d'un vieux pays de paladins,
    Et son histoire, c'est leur vie.

O les cloches d'airain ! Leurs sons vibrent en chœur,
Transparents comme l'air, légers comme la flamme,
Emportant vers les cieux des lambeaux de leur âme,
    De leur âme et de notre cœur.

Paladins ! Paladins ! Votre cité s'éveille...
Et vos étoiles d'or au reflet infini
Illuminent d'en haut ses palais de granit :
       La nuit en fait une merveille.

Les angles adoucis de ses Louvres en deuil
S'accusent tout à coup dans un jet de lumières,
Et l'on croirait ouïr des fanfares guerrières
       Qui montent doucement du seuil.

Mais, sous les cieux d'azur, bientôt la nuit s'effare ;
La Cité meurt, sacrée et profane à la fois.
Paris, ville d'amours, Paris ville de foi,
       Paris, Paris ! Sois notre phare

LES DOULEURS

« *Si ces chants quelquefois ont élévé votre âme,*
« *Donnez-lui, donnez-lui ce qu'une ombre réclame,*
« *Une larme !* »

A. DE LAMARTINE.

Les Étreintes.

Les Étreinte

ILLUSIONS

« Et nous voulons mourir quand le rêve finit. »
A. GUIRAUD.

Recherche le bonheur dans l'amour, dans la paix,
Elisant un foyer de joie et de tendresse,
Et ne rencontre pas l'ennemi qui se dresse
Pour ternir ton ciel bleu de nuages épais.

Recherche le bonheur dans la rude caresse
Des glaives flamboyants et des membres coupés ;
Savoure le trépas de tes rivaux frappés,
Et que saigne leur front sous ta main vengeresse.

Recherche le bonheur près de ton luth fécond,
Gravis, en pélerin, les flancs de l'Hélicon,
Et reçois le baiser des Muses éperdues.

Mais, malgré tes succès d'un jour, ne vois-tu pas
Que tout sombre, que tout se dérobe à tes pas ?
Ton cœur est le tombeau d'illusions perdues.

CHANSON DU BOER

Grand'père, nous voulons partir,
Vois le ciel que blanchit l'aurore.
Sans regret et sans repentir,
Grand'père, nous voulons partir.
— Mes fils, je puis mourir encore.

Partis quatre, nous restons trois,
Sous notre étendard qu'on arbore
A trente villes à la fois.
Partis quatre, nous restons trois.
— Mes fils, je puis mourir encore.

Partis quatre, nous restons deux.
Pauvre grand'père, je t'implore,
Ne suis plus le sort hasardeux :
Partis quatre, nous restons deux.
— Mes fils, je puis mourir encore.

Partis quatre, je reste seul,
Et j'entends le clairon sonore.
Ne partage pas mon linceul,
Partis quatre, je reste seul.
— Mon fils, je puis mourir encore.

Ils étaient quatre que j'aimais,
Belles fleurs que je vis éclore.
Je dois les venger, désormais.
Ils étaient quatre que j'aimais.
Mes fils, je puis mourir encore !

LES DEUX ÉTAPES D'UNE MÈRE

« Ta place est au grand soleil ;
« Laisse à leur calme sommeil
« Ceux qui s'endorment ! »
E. Manuel.

Sous les rideaux de gaze aux senteurs d'aubépine,
Le jeune enfant repose en son berceau vermeil ;
A peine un souffle, un rien, soulevant sa poitrine,
Prouve qu'il ne dort pas de son dernier sommeil.

Une mère, au chevet, sur la couche se penche,
Murmure une prière et contemple à loisir
Cet innocent minois et cette robe blanche,
Cherchant à deviner jusqu'au moindre désir.

Hélas ! un mois après, sur une dalle humide,
Elle se pâme et pleure auprès du marbre noir,
Car son enfant passa comme la fleur timide
Que l'aube vit éclore et qui se fane au soir.

L'enfant est bien heureux, car il sourit aux anges
Et va mêler sa voix aux concerts éternels,
Mais la mère, ici-bas, n'a plus que quelques langes,
Un souvenir cuisant et ses pleurs maternels.

A LA PEINE

Caveant consules.

Ils s'en vont au travail sans espoir et sans cœur.
Aucune ambition ne relève leur tête ;
Ils s'en vont à la goule immense qui fait peur,
Ils s'en vont à l'usine entrer dans la tempête,
Chaque jour plus pensifs, chaque jour plus voûtés.
Pourtant, c'est leur labeur incompris qui féconde.
Seuls, ils affronteront les périls redoutés,
Seuls, ils avanceront dans la mine qui gronde,
Seuls, ils mépriseront la mort qui les conduit,
Seuls, ils seront vainqueurs dans la lutte farouche.
Mais, pauvres, reniés, ils ont seuls, aujourd'hui,
La haine dans le cœur, le blasphème à la bouche.
De la vie, ils n'auront aperçu que le seuil,
Un seuil bas, corrompu, sans joie et sans tendresse.
Pourquoi ces lourds travaux dont ils n'ont pas l'orgueil,
Et pourquoi ces dédains ? Quand leur front se redresse,
Quand ils ont dit : « Assez d'opprobres et de maux ! »

Quand ils se sont comptés, alors, ils sont terribles !
Les hommes sont amis, les hommes sont égaux,
Alors ! Ces lendemains, ces luttes sont horribles !
Or, tandis que deux cris, s'élèvent à la fois,
L'un partant du palais, l'autre partant du bouge,
Qu'on se mesure avec des coups et des effrois,
Vengeur, à l'horizon, monte le drapeau rouge !

LA PLAINTE DU CHRIST

« Quand je pleure, en mon temple, attaché sur la croix,
Seul parce qu'on me fuit, comme tout ce qui souffre,
Sous mes larmes de sang, dans ma honte, je crois
Apercevoir mes fils qui sombrent dans un gouffre.

« Ils ont brisé mon dogme en ce qui les gênait,
Déduisant de ma Loi la haine et la torture,
Et, quand ils furent forts, dans leur zèle effréné,
Ils ont puni sans trêve et jugé sans droiture.

« Ils ont mis sous mon nom jusqu'à leurs noirs desseins,
Ils ont osé ravir des flots d'or sur ma plaie.
Puis, vrais marchands du Temple, unis aux assassins,
Avec mon pauvre cœur, ils ont battu monnaie !

« Enfin, ivres de sang et de butins très bas,
Sous la croix qui pardonne, ils sont partis, apôtres
Des rancunes pour de fratricides combats,
Quand j'avais dit : « Aimez-vous tous les uns les autres ! »

TRISTESSE DE VIVRE

Mes membres sont las et ma tête est lourde,
J'ai peur de l'appel des cloches d'airain.
Printemps, reviens donc pour presser ta gourde
Sur la lèvre du pauvre pélerin.

J'ai perdu l'espoir, j'ai perdu la sève
Qui monte, à vingt ans, aux replis du cœur,
Et l'hiver m'a fait, — je le vis en rêve ! —
Dans un ciel plus noir, son clin d'œil moqueur.

Adieu la campagne, et vous, jeunes filles,
Qui veniez, avec le poète fou,
Ecrire vos noms aux troncs des charmilles,
Et cueillir des fleurs au chant du coucou.

Adieu les serments qu'il osait vous faire,
Et qu'il oubliait dès le lendemain,
Ninon qui l'aima — la plaisante affaire —
Et qui l'embrassait le long du chemin !

Adieu, soirs d'amour de notre jeunesse,
Où la nuit enlace en ses bras subtils.
Que me faudrait-il pour que je renaisse ?
Les feux du printemps, mais reviendront-ils ?

Mes membres sont las et ma tête est lourde,
J'ai peur de l'appel des cloches d'airain.
Printemps, reviens donc pour presser ta gourde
Sur la lèvre du pauvre pélerin !

Les Victimes

LES HOMMES A L'AGE DE PIERRE

At genus humanum multo fuit illud arvis
Durius, ut decuit, tellus quod dura creasset ;
Et majoribus et solidis magis ossibus intus
Fundatum, validis aptum per viscera nervis,
Nec facile ex æstu, nec frigore quod caperetur,
Nec novitate cibi, nec labi corporis ulla.

LUCRÈCE.

Ils étouffaient un lion dans leurs bras vigoureux.
La force dominait leurs âmes engourdies.
La brise et le soleil n'avaient prise sur eux,
Non plus que les amours ou que les maladies.

Leurs fronts étaient voilés, leurs cœurs étaient heureux·
Ils osaient maîtriser les coursiers de Nubie,
S'ils ne célébraient point en sanglots langoureux
      La mort du moineau de Lesbie.

Pourquoi vivre sans culte et sans amour au cœur ?
Injustice des Dieux, crime du Sort moqueur
Qui les a fait mourir sans espoir de renaître !

Mais, s'ils n'ont pas quitté cette éternelle nuit,
      Du moins, ils n'ont pas eu l'ennui
De penser, de vouloir et de ne point connaître !

LES GUEUX

Ils t'adorent, Seigneur, dans leurs mansardes froides,
    Les gueux, rebut de l'univers ;
Ils unissent encor, pour toi, leurs membres roides
    Sous la froidure des hivers.

Que tes séraphins blonds embaument de leur myrrhe
    Ces grabats recouverts de foin,
Où quelque femme souffre, où quelque vieux expire,
    Qu'ils les parfument avec soin,

De peur que s'élevant jusqu'à toi, leur prière
    Effluve des pauvres cerveaux,
Ne sente l'abandon, la débauche ordurière,
    Plutôt que des parfums nouveaux !

A d'autres les baisers, les plaisirs et les fêtes,
    Des femmes au cœur toujours pur,
Les désirs qui jamais n'ont connu de défaites,
    Des joyaux d'opale et d'azur ;

A d'autres les soldats qui veillent sur leurs banques, •
    Et la force dans le pouvoir;
Que certains autres jouent le peuple, en saltimbanques,
    D'un coup de dés sans le savoir !

Que reste-t-il aux gueux ? La mort ou la détresse,
    L'onde du ciel ou du ruisseau !
Puis, s'il lui naît, un jour, un fils d'une maîtresse,
    Le désespoir près du berceau.

O jeune front qu'attend la couronne d'épines,
    Cœur promis en pâture, aux loups,
Flancs marqués pour les fers des lances assassines,
    Petits pieds pour les dents des clous,

Enfant rempli d'amour, de printemps, de sourire,
    Papillon né sur une fleur,
Pitié pour toi qui marches vers le martyre,
    Enfant élu de la douleur !

Tu seras un banni que rejette le monde,
    Tu seras le vice incarné,
Tu seras un objet repoussant, vil, immonde,
    Si pur encore, à peine né !

Souviens-toi de mon âme à ton âme asservie
Par l'amour, par la charité,
Enfant des pauvres gueux, qui me portes envie,
Songe à moi dans l'éternité !

Le malheur nous unit ; je veux être ton père,
Je partagerai ton affront,
Et si ta lèvre folle ou pâle désespère,
Qu'elle rencontre au moins un front !

LE SOLDAT

Petit soldat, pars aux combats ;
Emu, quand le drapeau s'avance,
Frémis aux cruels branle-bas.
Que la poudre qui se balance
En de blancs nuages, là-bas,
T'emporte, te guide, t'enivre,
Petit soldat heureux de vivre.

Pense à ta mère qui t'attend
Au seuil de la porte entr'ouverte,
Et qui croit te voir chaque instant,
Au bout de la route déserte.
Est-ce lui qui vient en chantant ?
Non ! La bataille s'éternise !
Pense à ta mère, à ta promise.

Meurs dans la lutte, sans honneur ;
Sacrifie une âme flétrie
Et tes prémices de bonheur
Dans le temple de la Patrie.
Là doit s'éteindre ta clameur.
Héros obscur, petit apôtre,
Meurs pour le triomphe d'un autre !

LE PENSEUR

> « O maître, la clarté de tes paroles excite
> tellement ma confiance que celles des autres
> seraient pour moi des charbons éteints. »
> DANTE ALIGHIERI, *l'Enfer*, ch. xx.

Au Comte L. Tolstoï.

Il était juste, il était noble, il était fier ;
Fort sans se prévaloir, bon sans se défier,
Il était le messie attendu qu'on acclame.
  Or, jetant ses regards ailleurs,
  Il croyait les hommes meilleurs,
  Faits avec un peu de son âme.

Il avait remué des peuples à sa voix,
Il avait dit : « Assez de hontes et de croix ;
« Frères, levez vos fronts plus haut, si vos cœurs vibrent.
  « Vos bras ne seront plus offerts
  « Aux mailles horribles des fers :
  « Je vous veux grands, je vous veux libres ».

Il avait découvert un horizon nouveau.
De fiers desseins étaient sortis de son cerveau,
— Beaux rêves, si l'on veut, si l'on veut, utopies —
  Mais, puisqu'il voulait notre bien,
  Que les fourbes n'en disent rien,
  Qu'il soit respecté des impies.

Et, tous, ils sont venus des synodes, des cours,
Avec des airs navrés et de brillants discours,
Insulter à cette œuvre immense qui les gêne,
  Baillonnant un vieillard qui meurt,
  Afin d'étouffer sa clameur,
  Et rivant eux-mêmes sa chaîne !

Potentats de la terre, n'avez-vous plus de pleurs,
Pour tyranniser ceux qui calment nos douleurs,
Ceux dont le cœur pâtit aux souffrances des villes ?
  Croyez-vous mener au trépas
  La Pensée ? Elle ne meurt pas !
  Calmez donc vos rages serviles !

Venez à ce penseur sans honte, sans dédain !
Approchez-vous de lui pour lui tendre la main.
Cherchez les horizons d'une aurore moins brève.
     Donnez la force à sa bonté
     Et faites un jour que son rêve,
     Soit, par vous, la réalité !

LES AMOURS

Aime d'abord avant de composer un livre.

. . . .

Aime : il sera suave ainsi qu'une caresse ;
Aime : il sera charmant ainsi qu'une amitié ;
Aime : il sera profond ainsi qu'une tendresse ;
Aime : il deviendra saint de la sainte pitié.

. . . .

Aime donc, tout est là, sois un cœur, sois une âme.
J. DE SAINT-LAMBERT.

Caprices.

Caprices.

LE MEMNON

Jadis, à l'endroit même où s'élève Luxor,
On voyait un colosse à l'immense poitrine,
Taillé dans le seul bloc d'une pierre lustrine,
Dont l'âme paraissait vers les cieux prendre essor.

Quand l'aube, caressant ce grès qu'elle illumine,
Mettait au front d'Egypte un somptueux décor,
Chacun pouvait ouïr quelque céleste accord :
Le monstre résonnait sous les lueurs d'hermine.

Moi, comme le Memnon de la Thèbe aux cent portes,
Je suis l'airain qui vibre au rayon éclatant
De l'amour qu'à loisir, ô femme, tu m'apportes ;

Et sous ton reflet pur, ma lyre va chantant
Toutes les voluptés que, près de toi, je goûte
Quand, sur ton cœur, mon cœur s'épanche goutte à goutte...

AMOUR MYSTIQUE

J'ai rêvé d'une femme au milieu des livres,
Lorsque mon front chancelle et que mes yeux sont ivres,
Quand l'être anéanti se refuse à la peine.
En ces instants affreux d'angoisse et de mensonge,
Où l'on voudrait avoir vécu son triste songe,
J'ai rêvé d'une femme et m'en souviens à peine.

Là, devant moi, parmi les spectres en attente,
J'ai cru voir cette femme à la robe flottante
Plus belle que le monde et surtout moins cruelle.
Or, mes regards, aigris par l'humaine injustice,
Semblaient heureux devant la vision factice,
Et, désireux d'aimer, se reposaient sur elle,

C'était une poupée en sa mantille rose,
Comme une vierge antique à la divine pose
Voyant germer des fleurs, près des harpes qui vibrent,
Avec des cheveux noirs et des yeux de bergère ;
Et je tendis, heureux, mes mains à l'étrangère.
Oui, pour ses chaînes d'or, je tendis mes mains libres.

J'avais assez vécu sans but et sans lumière,
Je laissais le cyprès pour la rose trémière ;
C'était l'amour, après la détresse obstinée.
Voilà que son bras blanc vers mon front se soulève,
Et que la belle enfant me dit, toujours en rêve :
« Poète, viens à moi, je suis ta Destinée ! »

JALOUSIE

« No're amour fut trop doux pour que je me lamente.
« Je te souris encore, et cependant, je meurs. »
YVAN GILKIN.

Le démon de la jalousie
M'a fait une morsure au cœur.
Depuis lors, à sa fantaisie,
Je pars loin des hommes, moqueur.

Mais prends bien garde pour ta vie,
Je puis sortir de ma torpeur ;
La solitude me fait peur....
Ton âme m'est-elle ravie ?

Réfléchis donc, ô belle enfant,
Que si, certain jour, étouffant
Notre amour vieux, on me préfère

Un noir éphèbe aux yeux troublants,
De mon coutelas, je veux faire
Un tapis rouge à tes pieds blancs,

STANCES POUR ELLE

« Le murmure épars d'une abeille. »
SULLY PRUDHOMME

Manon, j'ai pris, dans les cieux clairs,
Quand la tempête faisait rage,
Le feu des plus brillants éclairs,
    Manon, j'eus ce courage.

Manon, j'ai pris, dans les moissons,
Les épis des plus hautes gerbes.
Caché derrière les buissons,
J'ai tressé leurs pailles superbes.

Manon, j'ai pris, en me penchant,
La pourpre des plus jeunes roses,
Rouges comme un soleil couchant
    En ses apothéoses,

Manon, j'ai pris, un gai matin,
Dans le dédale des nuages,
Plus légères que le satin,
L'azur et l'hermine volages.

Manon, ces éclairs sont tes yeux,
Ces gerbes sont tes tresses blondes,
Ces fleurs aux parfums gracieux
     Sont tes lèvres fécondes.

Manon, dans l'hermine et l'azur,
J'ai pris une robe admirable,
Car il n'était rien d'assez pur
Pour mouler ton corps adorable.

Manon, ô chef-d'œuvre des Dieux,
Il manquait encore une flamme
Pour donner la vie à tes yeux,
     Tu l'as prise en mon âme.

Manon, un jour, sur ton chemin,
Si le prince, te trouvant belle,
Veut baiser un doigt de ta main,
Songe à moi, reste moi fidèle.

AU PAYS DES RÊVES

« Ce jeune souvenir riait entre nous deux,
« Léger comme un écho, gai comme une espérance. »
A. DE MUSSET

Il est d'étranges soirs où les yeux se recueillent,
Quand, sur le bord du lac, la lune passe et luit.
Le poète est bercé par la chute des feuilles,
Des femmes semblent là qui murmurent : « C'est lui ! »

A travers le brouillard, joyeux, il les accueille.
Son regard d'au-delà les presse, les conduit,
Et c'est comme un bouquet que le poète effeuille,
Un bouquet qui se fane en une heure, aujourd'hui.

Toutes, elles sont là, belles comme l'étoile,
Tendres comme la nuit prudente qui se voile,
Tandis que les follets miroitent alentour.

Et l'homme leur sourit de son regard de fête.
Il ressent leur étreinte, et pense que, poète,
Tôt ou tard, tôt ou tard, il faut mourir d'amour.

LE VŒU DU TEMPLIER

« Ut omnium mulierum fugiantur oscula. »
(Au livre des Chevaliers du Temple, chap. 46).

« J'ai juré de percer le sein de l'infidèle
   « Et de mépriser sa beauté.
« J'ai juré sur mon Dieu de m'enfuir plus loin d'elle,
« Loin de son cœur flétri, comme fait l'hirondelle
   « Quand pâlit le soleil d'été.

« J'ai juré de ne point laisser ma bonne épée
   « Dans les fleurs semées à ses pas.
« J'ai juré de chercher plus farouche équipée,
« Et mon âme de preux, mon âme bien trempée,
   « Trouvera plus noble trépas.

« Mais, je l'aime, l'impie aux yeux clairs, au front tendre ;
   « J'aime sa taille de roseau.
« La guerre en fait mon bien ; nul n'y pourrait prétendre,
« Et, victorieux pourtant, je pleure de l'attendre,
   « Ainsi qu'un jeune damoiseau ! »

Et voilà qu'elle vient près du guerrier farouche.
        Ses bras pressent le col d'acier
Comme le papillon qui frôle l'oiseau-mouche.
Sa lèvre a demandé le baiser de sa bouche,
        Le baiser du justicier !

Oublie donc les serments jurés sur l'Evangile,
        Les combats, l'étendard suivi !
Ah ! pauvre templier, la chair faite d'argile
Est, même sous l'airain, si tendre, si fragile,
        Qu'un souffle d'amour la ravit ;

Ou, jette-toi des murs de la Ville éternelle,
        Des murs tachés de ton sang noir.
Des cyprès, sur la tombe, inclinant leur grande aile,
Des rameaux toujours verts, feront une tonnelle :
        Ton esclave y priera, le soir.

Mais le guerrier a dit : « Ma foi sera la tienne !
        « Ne souffre plus notre dédain ;
« Un peu d'eau sur le front, les versets d'une antienne,
« O femme, et te voilà très pure, très chrétienne,
        « Digne du cœur d'un paladin. »

Et, tandis qu'on voyait sur les remparts antiques,
    Comme aux flancs bénis du Sina,
Dans l'extase des Dieux, plier deux fronts mystiques,
Du tombeau vénéré montaient de saints cantiques,
    Les croisés criaient : Hosanna !

LE CHEVEU

L'autre soir, je vis, dans ma chambre,
Dessus mon épaule égaré,
Un petit cheveu couleur d'ambre,
Et dont mon col était paré.

Le jeter au feu de décembre ?
Non ! Voyez le désespéré
Qui me résiste et qui se cambre
Sous le doigt fort qui l'a serré.

Dors sur mon cœur, dors, fil de soie,
Car c'est le destin qui t'envoie,
Toi, le souvenir d'un aveu.

Mais, te voyant, mon front se ride,
Car n'est-ce point par un cheveu
Que tient aussi notre amour vide ?

A LA LUNE

Le bonsoir, madame la Lune,
Paraissez dans un blanc halo,
Ainsi que moi sous mon manteau.
Le bonsoir, madame la Lune !

Allons tous deux chercher fortune,
Vous, aux cieux que nous évoquons,
Moi, sous la rampe des balcons.
Allons tous deux chercher fortune.

Les bois sont noirs, la nuit est belle,
Mon rebec aura plus beaux airs
Sur le bord des chemins déserts.
Les bois sont noirs, la nuit est belle.

Dame Lune, voguez vers elle,
Car le père est un vieux jaloux,
Et les chiens ont des dents de loups.
Dame Lune, voguez vers elle.

Montez en sa chambrette rose,
Vous flotterez sur ses cheveux,
Vous lui confierez mes aveux.
Montez en sa chambrette rose.

Soyez le baiser que je pose
Amoureux, folâtre et tremblant,
Sur ses yeux clairs, sur son front blanc.
Soyez le baiser que je pose !

FROU-FROU

Quand, de sa robe blanche, elle frôle en passant
Mon bras, que son parfum, avec ceux de la terre,
Monte vers mon cerveau comme un afflux de sang,
Quand nous rêvons ainsi, dans le parc solitaire,

Les oiseaux nous font fête, et le jour, en naissant,
D'un œil embrouillardé sonde ce doux mystère.
— Fruit nouveau que murit un rayon salutaire, —
Mon cœur s'est réveillé dans ce frisson puissant.

C'est un peu de sa vie inoculant ma vie,
Un parfum, un soupir d'elle qui passe en moi,
Et, par ces courts instants, j'en ai l'âme ravie.

Frou-frou gai, frou-frou fait de malice et d'émoi
Le plus léger frou-frou me paraît un baptême,
Puisqu'il m'a murmuré, bien bas, si bas: «Je t'aime!»

LA RELIGION DU SOUVENIR

Ce sont de petits riens, des chiffons, des rubans,
Faveurs de cheveux bruns, confidences de lettres,
Feuilles d'un doux herbier, madrigaux absorbants,
      Et billets lancés des fenêtres.

Sonnez, joyeux grelots, grelots du souvenir.
Au cœur, remettez-moi vos extases divines ;
Rappelez le passé pour charmer l'avenir,
L'avenir où des jours moins tendres se devinent.

J'évoque, en vous voyant, pauvres trophées d'amour,
Dans la faille qui luit, parmi les farandoles,
Sous les lustres brillants qui s'éteignent au jour,
      L'une de ces pures idoles :

Ah ! tandis que l'orchestre ému se reposait,
Nous respirions la brise en des minutes brèves,
Et nous scellions parfois du plus joyeux baiser,
Dans le soir, cet accord de magnifiques rêves !

Papiers, chiffons, rubans, pourquoi meurtrir mon cœur ?
Elles vont me blâmer, et me haïr peut-être
D'avoir, sur cet espoir, mis un regard moqueur !
    Plus d'une va se reconnaître.

Voici qu'à cet instant, dans mon rêve, je sens
La jeune fille, avec un regard de Madone,
Qui s'avance vers moi, les yeux compatissants,
Et qui me met au front le baiser qui pardonne.

Dans le parc d'amour.

LE PARC

« Quant à moi, j'ai une disposition à aimer
les gens qui choisissent ces maisons fleuries. »
Louis Veuillot

C'est un immense parc, un parc aux couleurs vives
Où descendent les fleurs sur le bord du gazon,
Où, tremblants, les lotus dorent de molles rives,
Où les hauts peupliers, limitant l'horizon,
Paraissent des gardiens puissants qui se recueillent,
      Enrubannés de chèvrefeuilles.

On n'y voit point de gueux au front blême, aux yeux morts,
Qui chauffent au soleil leur guenille farouche,
Et dont le cœur bondit de haine ou de remords,
Avec, dans leur sommeil, le blasphème à la bouche.
Car les seuls amoureux ont leur droit au séjour
      Dans le parc fleuri de l'amour.

C'est un parc idéal où s'unissent les êtres
Dans la communion des esprits et des corps,
— Royaume sans soldats, sans favoris, sans prêtres. —
La nature aux feux clairs lui donne ses décors,
Les oiseaux leurs chansons, les femmes leurs sourires,
         Et les poètes leurs délires.

Les couples, se mirant sur ces bords enchantés,
Se profilent au loin en douces ombres vertes,
Et, parmi les gazons, des faunes irrités,
Poursuivent en riant les nymphes découvertes.
Mais rien ne souillera leurs pieds garnis de fleurs :
         La rosée est faite de pleurs.

Ces pleurs foulés aux pieds, ces amours délectables,
Ce printemps des jardins, des corps et des esprits,
Ces banquets fraternels mettant aux mêmes tables
Tous les hommes élus, ne m'avaient pas surpris,
Et, dans le parc d'amour, en poète volage,
         J'ai tenté de faire un voyage.

PROMENADE

« Et je suis sûr que si jamais je retrouvais
ces lieux chéris, je verserais des larmes. »
J.-J. Rousseau

Il est des soirs de doute où l'âme se voit seule,
Où tout croule, le rêve, et l'espoir, et l'amour,
Où l'être paraît bas et l'existence veule,
Où l'on voudrait n'avoir à vivre qu'un beau jour.

Les membres sont rompus et la tête agonise.
Les sens ont délaissé toutes les voluptés,
Pauvres fleurs sans parfum ; l'extase s'éternise,
Et c'est comme la mort qui plane à vos côtés.

Alors, je me promène auprès du lac qui veille ;
La lune, s'y mirant, projette des troncs noirs,
Et, devant ce silence, enfin l'esprit s'éveille,
S'éveille mon esprit à de nouveaux espoirs.

Une branche a craqué sous un petit pied rose :
C'est elle, c'est l'aimée, et ses yeux, dans la nuit,
Ses beaux yeux ont erré par la forêt enclose :
Viens sur mon cœur, chassons nos pleurs et notre ennui.

Laissons là nos douleurs, ce sont des fleurs mièvres,
Tristes comme un soleil d'automne qui s'endort,
Car nos cœurs sont unis par le canal des lèvres ;
Vois, la lune qui rit, jette sa flèche d'or.

Il est d'étranges soirs où tout l'être se pâme,
Où mes doigts veloutés soulèvent tes frisons,
Où l'on a des plaisirs, des cris et des frissons,
Où le corps semble faire un tabernacle à l'âme...

LES OMBRES MAUVES

Un crépuscule mauve ouate l'horizon
De ses pâles reflets, de ses nuances d'âmes,
    Et l'on s'endort sur le gazon
    Dans le parfum des jusquiames.

On voit une traînée, au long du clair chemin,
De pavots endormis entre les iris mauves
    Qui doivent refleurir demain,
    A l'aube, sous les rayons fauves.

Tout est mauve : le ciel où meurt le globe ardent,
Le grand lac qui s'émeut, la fleur qui se balance,
    Et l'oiseau qui chante, pendant
    Qu'alentour plane le silence.

Tout est mauve : les bois qui reflètent les cieux,
Le corselet brillant de leurs mouches ailées,
      Le souffle des vents gracieux,
      Et jusqu'au sable des allées.

Tout est mauve : mon âme est faite de langueurs,
De désirs assouvis, de voluptés éteintes...
      Amour lui garde ses rigueurs,
      Qu'il lui garde aussi ses étreintes !

BARCAROLE

« Ces jours mêlés de plaisirs et de peines,
« Mêlés de pluie et de soleil. »

BÉRANGER.

Entre les roseaux verts qui se ploient sous la brise,
La barque, moutonnant le bord de l'eau surprise,
File avec des échos, file avec des souhaits.

Aux profondeurs du lac, va, carène légère ;
Conduis sur les flots bleus l'étoile passagère :
Tu connais ce front doux, ces cheveux dénoués,

Tu connais ce visage et ces lèvres que j'aime,
Tu connais ce regard né dans ces yeux de gemme ;
Pars vers un ciel moins noir, vers un monde moins bas,

Où les mères en paix ne versent point de larmes,
Où les hommes, unis sans la fierté des armes,
Ne cherchent point la gloire en d'éternels combats.

Notre main a saisi la rame qui s'élève,
L'onde s'écarte au loin, et, tirés de leur rêve,
On voit fuir dans la nuit les oiseaux apeurés.

Nous avons descendu quelques lambeaux de voiles,
Notre esquif délivré vogue vers les étoiles....
Or, tandis que, courant entre nos corps serrés,

Le brouillard met aux fronts des teintes infinies,
Et que sourit la lune à nos lèvres unies,
Tandis qu'un oiselet reprend une chanson,

Au milieu des eaux, la barque est arrêtée ;
On entend un long vol sur la rive argentée :
C'est mon âme qui passe en un rude frisson.

LA PASSANTE

« L'on ne seust en nule terre,
« Nul plus bel cors de fame quérre ».
ROMAN de la ROSE.

Dans l'immense parc vert plein d'échos et de fleurs,
Où viennent du vieux monde expirer les détresses,
Elle conduit ses yeux encor vierges de pleurs,
Et le soleil se mire entre ses blondes tresses.

Une brise légère inonde son front blanc,
Et, sous l'émotion de sa douce caresse,
La belle croit tenir quelque songe troublant,
        Et s'y repose avec paresse.

Mais, comme si l'amour la tenait par la main,
Elle s'en vient vers nous, yeux baissés, lèvres closes ;
Et les oiseaux ont dit, le long de son chemin :
« C'est le printemps qui passe en un parfum de roses. »

10

LE BANC

« Je déteste le monde et je
vis dans mon cœur ».
ULRIC GUTTINGUER.

Il a tant vu de pleurs au bord de la paupière,
Tant vu de noms gravés sur les arbres vieillis,
Tant vu de pâmoisons exquises sur la pierre,
Tant vu d'espoirs, tant vu de peurs, tant vu d'oublis.
C'est un désabusé de l'amour, un sceptique
Qui doute des serments, qui doute des aveux,
Et qui médite là, dans son cadre rustique.
— Cependant, à me voir dénouer tes cheveux,
A voir nos yeux rivés dans les mêmes extases,
A voir le lac brillant refléter notre corps,
A nous voir tant heureux, sans richesse et sans phrases,
Devant deux volontés qui scellent leur accord,
Pensif, il tressaillit. Et comme mon front tendre
Vers elle se penchait, en rêvant de bonheur,
Dans cet enivrement d'amour, je crus entendre
Battre le cœur de pierre au contact de mon cœur.

LA PRIÈRE DES ARBRES

Lorsque le vent s'élève au-dessus de nos têtes,
Lorsque tombent les fleurs des peupliers neigeux,
Lorsque, vertes encor, les feuilles des hauts faîtes
      Ont des bonds d'enfants et des jeux,

N'as-tu pas cru, ma mie, à nos côtés entendre
Une voix qui nous berce en un espoir divin,
Une voix qui survit en un écho si tendre
Qu'on ne peut se lasser de l'écouter en vain ?

Effeuille sur ton sein une rose trémière,
Ravis, en un baiser, mon reste de raison,
Viens plus près de mon cœur écouter la prière
      Des grands arbres en oraison :

« O Seigneur puissant dont la droite tient un glaive,
O maître de la terre et des fleurs et des fruits,
Pour qui l'Eternité mouvante n'est qu'un rêve,
Et qui planes, vainqueur, sur les peuples détruits,

« Vois les amants, le front aux cailloux de la route,
N'ayant comme trésor, qu'un coin de ton beau ciel,
Comme couronne qu'un peu de notre ombre ; écoute,
     De toi la ruche tient le miel,

« Le nid son duvet chaud ; mais pourrais-tu permettre,
Toi la Force et l'Amour, l'idéale Bonté,
Que les pauvres amants te maudissent, ô Maître,
Qu'ils gardent, seuls, des fers, quand tout est liberté ? »

Et tandis que l'enfant s'endormait près de moi,
Que s'enlaçaient mes bras pour recevoir sa tête,
J'entendis le souhait des arbres en émoi :
     « Sois heureux et sois fier, poète ! »

SERMENT

« Viens, cherchons cette ombre propice
« Jusqu'à l'heure où de ce séjour
« Les fleurs fermeront leur calice
« Aux regards languissants du jour.
« Voilà ton ciel, ô mon étoile !
« Soulève, soulève ce voile,
« Eclaire la nuit de ces lieux .
« Parle, chante, rêve, soupire
« Pourvu que mon regard attire
« Un regard errant de tes yeux. »

A. DE LAMARTINE.

Aimons, nous serons beaux comme de jeunes anges,
Beaux comme la nature à son plus clair matin,
Un Amour attentif, sur l'aile des mésanges,
      Portera ton destin.

Aimons, nous serons purs, aussi purs que des vierges.
L'écheveau de nos jours s'étendra mollement ;
Et vous n'éclairerez, flammes des chastes cierges,
      Aucun regret, aucun tourment.

Aimons, nous serons fiers de notre union sainte.
Nos yeux reflèteront le calme de nos cœurs,
Et, dans l'adversité, nous resterons sans plainte,
        Dédaigneux et moqueurs.

Aimons, nous serons grands comme des Dieux antiques.
Nos empires seront ces horizons ouverts
Dans notre parc d'amour, loin des fourbes mystiques,
        Au culte saint des plus beaux vers !

OH! SI JE PUIS UN JOUR!

« *Il fit plus !* »
SAINT-SIMON.

Le soleil se couchait en un ciel sans nuages,
Globe de feu drapé dans un manteau vermeil,
Les oiseaux printaniers cessaient leurs doux ramages,
Le silence du soir invitait au sommeil,
Et moi, seul, je souffrais de la haine du monde
Dans mon cœur ulcéré, par les rêves grandi.
Soudain, devant mes yeux, passant au fil de l'onde,
    J'ai vu la Muse, elle m'a dit :

« *Mon fils qu'espères-tu ? Assez de vers mièvres,*
Mauves ou langoureux qui rythment tes baisers.
Assez des pâmoisons et des ardentes fièvres,
Quitte ces frêles airs et ces refrains aisés,
Ne chante plus les nuits farouches de Sodome.
Ton cœur doit t'inspirer de plus nobles efforts.
Oublie donc tes vingt ans et vient faire œuvre d'homme :
  Mon fils, sois fort entre les forts.

« *Vois tous ces torses nus qui sortent des usines.*
Vois ces yeux obscurcis et ces visages noirs,
Qui n'osent se mirer aux fontaines voisines.
Vois ces vieux travailleurs qui luttent sans espoirs
Et qui meurent sans joie ; aide leur infortune,
Emeus par tes accents l'âme d'un monde bas,
Et, ne partageant pas l'oisiveté commune,
  Va chanter leurs rudes combats,

« Et si ta voix s'éteint, et si ton luth succombe,
Et si ton printemps croule à l'aube de tes jours,
Si tes rivaux d'hier peuvent ouvrir la tombe
De tes palmes, de tes refrains, de tes amours,
Meurs, ô mon cher poète, en pardonnant leur rage.
Ton âme immaculée, à son dernier essor,
Monte vibrante et garde encore le courage
　　D'être supérieure à ton sort. »

R F

TABLE DES MATIÈRES

LES AMOURS

CAPRICES

DANS LE PARC D'AMOUR

ACHEVÉ D'IMPRIMER

Le vingt-trois septembre mil neuf cent un

PAR RÉPESSÉ-CRÉPEL ET FILS

A ARRAS

www.ingramcontent.com/pod-product-compliance
Lightning Source LLC
Chambersburg PA
CBHW051145260626
47170CB00005B/1973